BÒIDHEACH BEAG

A' chiad fhoillseachadh 2008 le Walker Books Ltd
87 Vauxhall Walk, Lunnainn SE11 5HJ

2 4 6 8 10 9 7 5 3 1

© 2008 Anthony Browne
© 2008 na Gàidhlig Acair
A' Ghàidhlig Fionnlagh MacLeòid
Tha Anthony Browne a' dleasadh a chòraichean
mar ùghdar agus mar dhealbhaiche na h-obrach seo.
An dealbhachadh sa Ghàidhlig Joan MacRae-Smith

www.acairbooks.com

Clò-bhuailte ann an Sìona

Chuidich Comhairle nan Leabhraichean am foillsichear le cosgaisean an leabhair seo.

Tha Acair a' faighinn taic bho Bhòrd na Gàidhlig.

Tha clàr airson an leabhair seo ri fhaighinn bho Leabharlann Bhreatainn.

ISBN/LAGE 9780861523160 (13)   0861523164 (10)

BÒIDHEACH BEAG

Anthony Browne

WALKER BOOKS
LUNNAINN • BOSTON • SYDNEY • AUCKLAND

Bho chionn fhada bha an goiriola a bha seo ann. Bhiodh e ag obair le a làmhan.

Ma bha e ag iarraidh dad sam bith, chleachdadh e a làmhan. Cha robh dad a dhìth air.

Ach bha e tùrsach.

Aon latha thuirt e riuthasan a bha
a' coimhead às a dhèidh:

 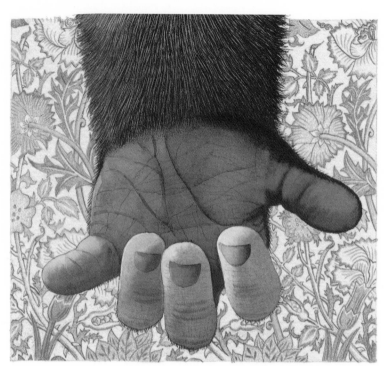

"Tha mise ... ag iarraidh ...

caraid."

Cha robh goiriola

san t-sutha ach e fhèin,

agus cha robh fios aca

dè a dhèanadh iad.

An uair sin smaoinich iad.

Thug iad dha caraid air an robh

Bòidheach Beag.

"Feuch nach ith thu i,"

thuirt iad.

Ach bu
toigh leis
a' ghoiriola
Bòidheach
Beag.

Thug e bainne dhi

agus mil.

Agus bha iad dòigheil.

Bha iad a' dèanamh

a h-uile dad

còmhla.

Bha iad dòigheil airson

ùine mhòir …

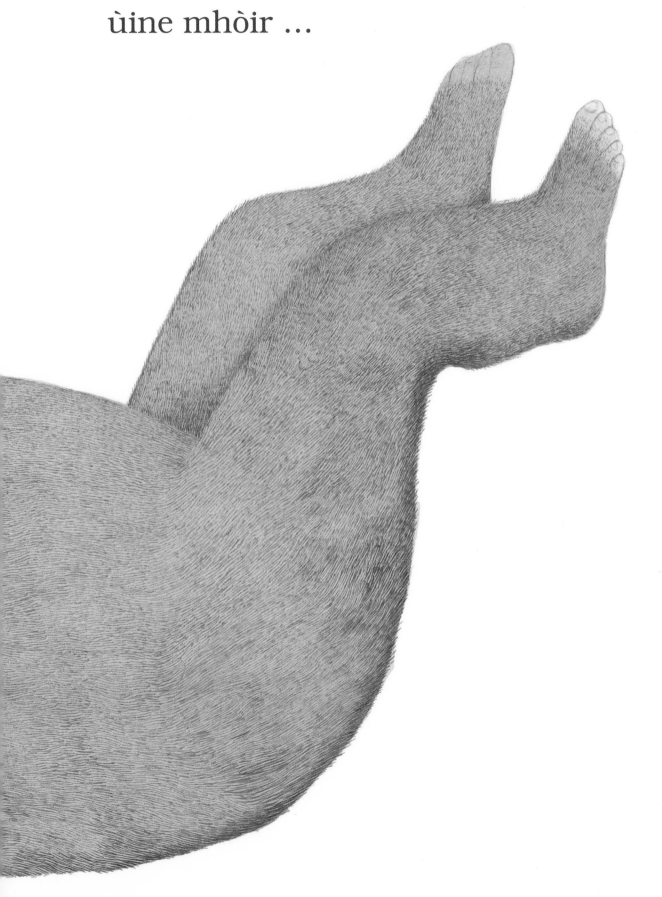

gus an robh iad a' coimhead an telebhisean

còmhla aon oidhche. Chaidh an goiriola às a

chiall agus bha e fiadhaich!

Ruith na daoine a-steach.

"Cò a bhris an telebhisean?" ars aon dhiubh.

"Bidh againn ri Bòidheach Beag a thoirt air falbh a-nis," arsa duin' eile.

Sheall an goiriola ri Bòidheach Beag.

Sheall Bòidheach Beag ris a' ghoiriola.

An uair sin thòisich Bòidheach Beag

ag obair le a spògan …

"'S e ...

MISE

a bh' ann!

'S mise a bhris an telebhisean!"

Rinn a h-uile duine gàire.

Agus a bheil fios agaibh dè a thachair?

Bha Bòidheach Beag agus an goiriola

dòigheïl còmhla a-chaoidh gu bràth tuilleadh.